Journey of Yoso

约索之旅

约索 —— 著

图书在版编目(CIP)数据

约索之旅/约索著. — 杭州:浙江文艺出版社,2024.7
 ISBN 978-7-5339-7557-9

Ⅰ.①约… Ⅱ.①约… Ⅲ.①随笔-作品集-中国-当代 Ⅳ.①I267.1

中国国家版本馆CIP数据核字(2024)第060957号

责任编辑　林聚佳
责任校对　陈　玲
营销编辑　周　鑫
装帧设计　徐然然
责任印制　吴春娟

约索之旅

约　索著

出版发行	浙江文艺出版社
地　　址	杭州市环城北路177号
邮　　编	310003
电　　话	0571-85176953(总编办) 0571-85152727(市场部)
制　　版	浙江新华图文制作有限公司
印　　刷	浙江新华印刷技术有限公司
开　　本	880毫米×1230毫米　1/64
字　　数	43千字
印　　张	1.625
版　　次	2024年7月第1版
印　　次	2024年7月第1次印刷
书　　号	ISBN 978-7-5339-7557-9
定　　价	29.80元

版权所有　侵权必究

目录

无法追逐的风
01

淹没的石头
09

众人围绕的篝火
25

她　一束花
39

关于我的话
55

天空的孩子　梦忆壹
73

天空的孩子　梦忆贰
85

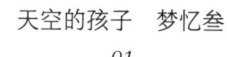

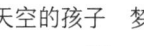
天空的孩子　梦忆叁
91

作者寄语
96

无法追逐的风

1

日光　微风
树枝　杂草
还有流淌的河流
共同鸣奏出了一首未曾听闻的乐曲
脚踩着土壤
嗒嗒　嗒嗒
伴着这乐曲的节奏　和谐又令人愉悦
前边就是外公的果园
一颗颗绿色的苹果
紧实又青涩
它们是大地涌出的生命力
它们是自然孕育的果实
它们也是
站在树下　懵懂的我

2

太阳总会落下
它去休息了
抑或是去温暖更多的生命
我也在下落
可我却被黑暗包裹
明明太阳还没有下落
冰冷　无力
我还在下落
直到
温热的液体流过我的额头
昏暗的洞口　确实已经没有了太阳
会有人注意到我吗?
石头　是不是你把我推向了这洞口?
看着我坠落?
"确实,是我做的。"
石头　说了话

3

粗糙的纹理
复杂的几何体
这是一块石头
他被陌生人捡起
带回了一个破烂的家
时而　他在角落
时而　他又在树杈上
这是一块活着的石头
四处出现　把东西砸得七零八落
又在四处消失
被人带到不知在何处的房屋
我看不到石头去了哪儿
我只听到人类的斥责
响到我捂上了耳朵
直到石头再次出现
它变得更粗糙更复杂

透过石头的缝隙　我依稀看见了
一颗活着的心脏
孤零零地看着
看向他的我

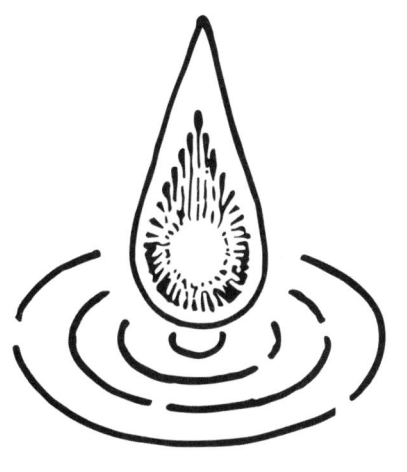

淹没的石头

4

土壤散发着香气
我把这香气捧在手中
蜻蜓不停地忽闪
我用线绳系住了它的尾巴
我欢呼着奔跑
想把这份礼物送给她
一朵满脸笑容的小花
我说 妹妹呀
喜欢吗?
小花绽放得更加美丽
轻声又害羞地说:
"喜欢。"

5

一颗种子

埋进土壤

我满怀期待

看着她成长

我又满怀担忧

生怕她夭折

先是小芽　后是花苞

泪在不停地盘旋

带着一束爱意与关怀的光

小花盛开了

泪水止不住地落下

淡黄色的花瓣

一片一片舒展

她　终于成为小花了

她　满脸笑意

朝向了我

稚嫩地叫了声：哥哥

6

星空不总是那么璀璨
但在这乡下的夜晚
繁星　漫天
我们一同躺在草垛上
我看着她
花儿的颜色在流转
眼睛的角膜上
布满了星星点点
妹妹　希望你也像这点点的繁星
不那么闪耀地　饱满地
度过这一生
石头　我知道你也躲在屋顶
期盼着这些光芒
能够照耀到你的内心

7

木棍
是你的武器
满是补丁的衣物
是你的铠甲
这是一场我和你的大冒险
你是指挥官
我是副手
说起来有点滑稽
我们要铲除这片草丛中的敌人
铲除　至尽
一只只小小的虫子
就成了这小战场上的亡灵
一片花瓣掉落了
小花放声哭泣
石头
你为什么要折断她的武器

8

又是一场冒险
一颗黄色的杏子
将是我们的战利品
我托着你
你却怎么也夺不走
近在眼前的战利品
咚
我们都摔在这树下
无能为力
"喏,给你。"
石头扔来了一颗更大的杏子
落在我们中间　不偏不倚
接着　他又不见了踪影
小花有点萎靡
因为这
不是属于她的胜利

9

花和石头
柔软和僵硬
总是撞到一起
总是石头的胜利
我无法容忍
花儿的脸上没有笑容
我充满了愤怒
把石头扔了出去
花终于不再低着头
久违了　久违了的笑意
可是石头呢
大家仿佛都忘了
他是谁
他去了哪里

10

有那么一天
我在打水漂
一下　两下　三下
就沉了下去
"臭侄子，就这点本事。"
兴冲冲的石头
擅自向我发起了决斗
水也是受了委屈
被两个人折腾得
长出了皱纹
直到最后
这场决斗　当然是他的胜利
石头　一漂一漂
发出声响　九下　沉了下去
"别以为你比我大
我就压不倒你。"

你知道吗　石头
我对着空气　石头没有踪影
"对不起，我从来不讨厌你。"

众人围绕的篝火

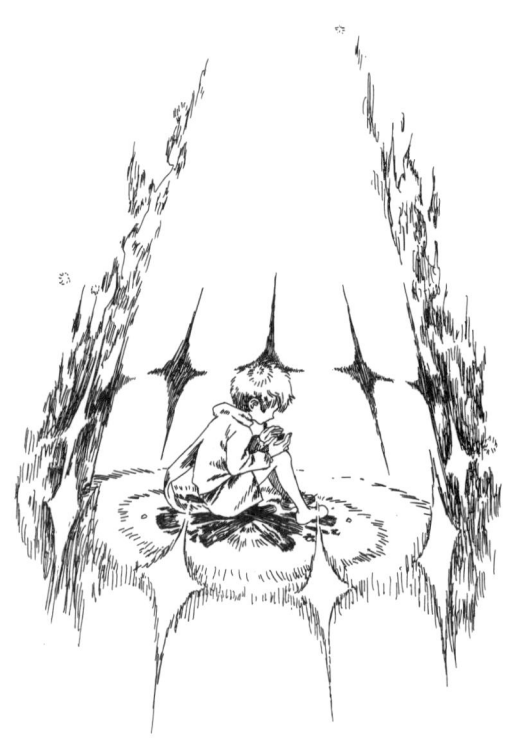

11

聚光灯
一种人造的光芒
一种造就人的光芒
仿佛
只要我笃行着正确
它就永远不会离开我
鲜花　赞誉
都顺着我出现
都顺着它出现
我毫不置疑地　站在这光芒下
拥抱着给予我的一切
可是　有光　就会有暗
是谁
忽视了这更黑暗的
随着聚光灯而出现的
挥之不去的暗影

12

鲜花
艳丽又散发诱人的香气
我着了迷地汲取
这股香气
我着了迷地亲吻
这束花上的每一朵花瓣
渐渐地
我陷入了这幸福的旋涡

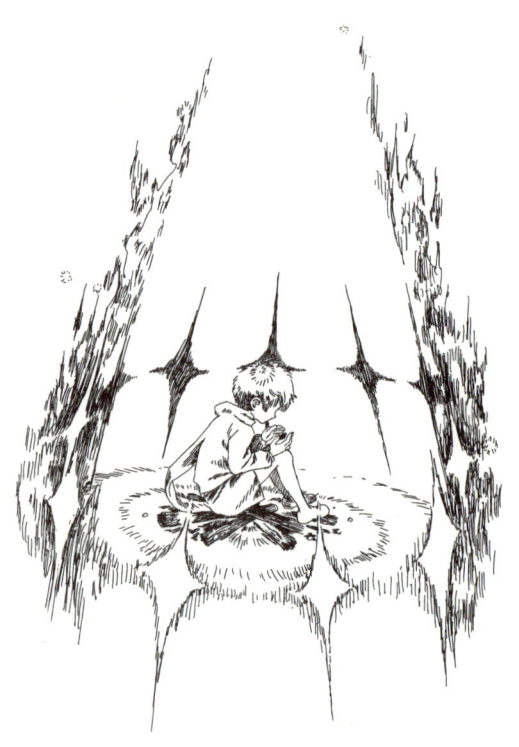

13

有那么一种蛇
会随着乐曲起舞
笛子的旋律　让它无法停歇
可是现在
却是蛇在奏响这笛子
我抑制不住地颤抖
直到它吐出了蛇信
露出了邪媚的笑颜
我已经中了毒
这毒　剧烈又甜蜜到极致
夜以继日地
期盼着它下次的乐曲

14

你们在看什么
你们听闻到了什么
我已被香气和毒液
麻痹了身心
你们在看什么
你们为什么围在一起
却不告诉我
我奋力冲进人群
淡黄色的花
已经变得鲜红
她永远地凋谢了
我害怕这鲜红
我惧怕这鲜红
我一遍遍地哀求
可是
再也没有声音回应我

我只能拾起一瓣花
看她在我手中
凋零

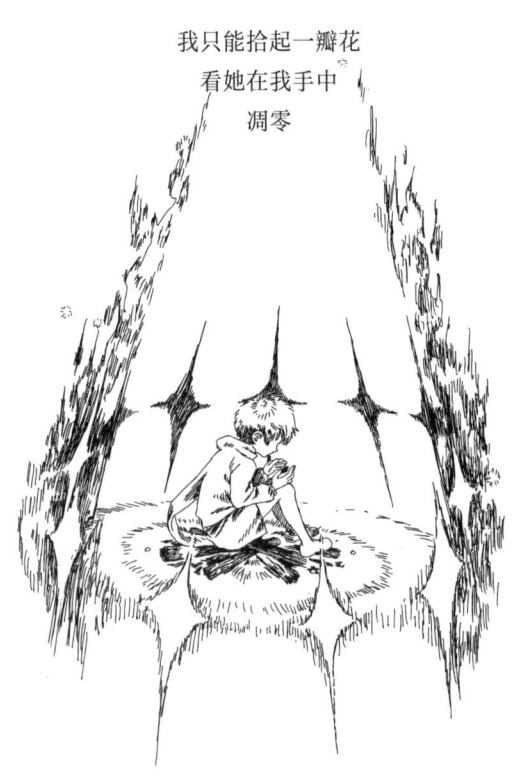

15

砰　砰　砰
门上留下了我的鞋印
哐　哐　哐
玻璃的残碴插入了我的掌心
炸弹的引信
就这样被点燃了
胸腔中的火焰
无法熄灭
为什么我的愿望没有实现？
为什么淡黄色的花朵凋谢了？
蓝色的火焰烧灼
不分时机　不明所以
炸弹已经炸裂
火已经蔓延
直到
连鲜花也失去了颜色

毒蛇的身体开始蜷缩
　　我终于
　　缓慢熄灭

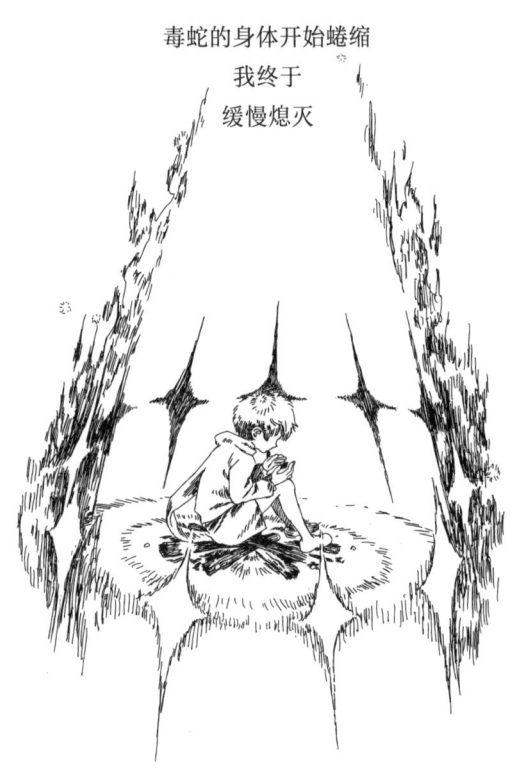

16

当聚光灯远离了我
暗影彻底把我剥夺
　曾经明亮的我
　　烧灼　爆裂
　已然变得灰白
　可有另一束花
　我未曾亲吻的花
　带着温馨的香气
　来到了我的面前
　燃烧至尽的我
　已经无力去接触她
她给了我一块香甜的巧克力
　　我细细品尝
　　尝尽这一口爱意
　　我奋力伸出了手
　将她捧在我手里

她　一束花

17

有那么一束花
一直在注视着我
这束花
温柔　胆怯
只敢默默地看着我
她说
喜欢我闪闪发亮的眼睛
喜欢我能言善道的嘴巴
喜欢我秀气英俊的脸庞
她又说
她接受我的伤痛
她心疼我的灰白
她属于我
我也属于她
花丛里这束最娇羞
最美丽的花
我回以温柔　轻捧起了她

18

有一些东西
它天生就在我体内
让我容易被靠近
像磁铁一样
吸引来了另一极
我终于有了归属
一处温柔
又满足了期待的归属
我把我的磁铁取出
让它
与这束花紧紧吸附
我燃烧到灰白的躯壳
终于又有了颜色
在你眼里
在我心中
我不再被暗影剥夺

19

她
完全地放任我的依赖
我
完全地注入我的热情
我们都难以自拔
享受这互相索取的愉悦
这束花　在我手心里
越攥越紧
直到从枝条上
流出了汁液

20

她花束枝条上的刺
深深地
扎进了我的掌心
我把她
变成了完全属于我的样子
当微风吹拂
她的枝干
会不会就断在我的掌心?

21

慢慢地
这束花从娇羞变成了艳丽
我　一如既往
着迷地汲取
这束花越来越迷人
汲取着的我
是那么落魄
我攥碎了她的枝干
她想随着风
去其他的地方
我松开手
留下满手的伤痕

22

因为依赖和熟悉
我们又紧紧贴合在了一起
放任我们爱情的余火
走向熄灭
我又变得灰白
她的背影
带着我从未闻过的香气
消失在了
无数朵花的花丛中

23

火烧得越猛烈
就枯竭得越快
谁也不能
只投身于这团火之中
而不时刻关注着火焰
我们都要
为这团火　添上木柴
我永远失去了我的归属
因为我只知火焰的炽热
却不曾增添柴火
爱情的余火终于熄灭
这束花的枝条已被折断
不知在何处
花又艳丽地绽放

关于我的话

24

身体和夙愿　精气和纠葛
无法诉说　无法和解
炽热燃烧　终究化成灰烬
必须拧巴地走下去
让我
破烂的瓦罐承着这灰烬
看他是否还能冒出一点未熄灭的余火
照亮黑暗里一个个小小的角落

25

故乡有一扇门
挂着一把沉重　黝黑的锁
故乡还有一扇门
留着缝隙　散出温柔的光芒
轻推它
光芒瞬间就把我包裹
在光芒中
我看到了故乡的故人
我将她紧紧拥抱
享受着久违的安心
可谁又曾知道
这扇门
它并不来自故乡
还挂着一把更沉重　更黝黑的锁

26

请问天堂会有香烟吗
请为我和我爱人都点上一根
我是一团热火
连同姓名和我的眉目
都只看得到泪的炙热
我爱你呀　我　我的亲爱的
我想要用我的翅膀
划开这乌黑的云朵
你看呀　人世间
其实也是这一根香烟
短暂　苦涩
请你永远记得我
记得我的容颜
我的温热
和我犯下的过错

27

蔓延的藤条
把针刺　扎进肢体
血液在流淌
是生命在荡漾
我不需要挣脱　我在急促地呼吸
欢迎你们　我的骨头　我的血肉
我们拥抱着针刺和藤条
终于聚拢在了一起

28

隐秘的草丛里
有两双成百上千的眼睛
咔吱　咔吱
羽翼　残肢　散落了一地
这是一场完美的捕猎
两双成百上千的眼睛
互相注视
愉悦且安定
咔吱　咔吱
雌螳螂变成了尸骸
这不是约定中的啃食
现在
只剩下一只雄螳螂
和这片隐秘草丛中的哀曲

29

有一种刀
十分锋利
大家都不敢去用它
可它是这么锋利
我握着它
捅向每一个敌人的软肋
众人都在欢呼
但却没有了我的声音
原来　这种刀
它没有刀柄
战场上
只留下了
依旧锋利的刀刃

30

我说　起风了
你们都闭紧了窗户
咔嗒　咔嗒
缝纫机的踏板一刻都没有停歇
风也越发猛烈
砰　一朵花
从撞开的门那儿进来
飘摇　飞舞
随风飘散的不是花瓣
更是风
风里流淌着渴望自由的声音

31

我希望

日光温暖　万物复苏

不要　不要再让

夜幕的轻声细语

遮蔽我的眼睛

折断我的脊椎

我犯了好多错　好多罪过

可我最最渴望的

还是黎明的湖

从寂静冰冷　逐步

变得热闹温热

然后　看着阳光

无所谓　什么在沉默　什么在沉没

就这样　温暖　透过我

像棱镜　折射

光热

天空的孩子　梦忆壹

1

什么因 什么果
没人渴望修行
没人愿意一起吃下
腐蚀自我的果
为什么
世界促生了这样的我?
扭转啊 旋涡啊
黄昏和日落
地平线的弧光停滞了
它说
Consequences
确实 谁也不该一直看着自己
直到陌生到
眼睛里透射的眼睛中的幻影
都变得模糊不清
生命又是为何?

要赋生命予生命
明明
它也不知道为何
我看着现实　透明
伸手
被什么蛛丝缠绕　粘着
不要妄图放下眼睛　闭上耳朵
总有角落凝视着我　说
来这里坐坐
我不能坐
我还要走　我还要夭折
一直夭折到
不能再被折　不能再被折
变成一叠厚厚的纸垛
没人在乎中间的　裂痕
因为它们属于我
我要再把它张开　再把它舒展
好让它能皱着　用爱包裹什么
什么？

怎么包裹

déjà vu

因　包裹着　果

一幕　又一幕

我仍然坚信着

这只是重复的问题

一千万次

我依旧　写出的不是答案

只是想把纸张涂抹

黑色　白色

让它看起来没有那么皱

谁让我只看着果

这就是结果

没有原因

这就是我

怎么去看待呢　怎么去面对呢

钻进那个被邀请过的角落

再撒上厚厚的锯末

也许就能化成白色的纸浆

再次　再次　折叠
来让我　看着有那么一点
圣洁
好写下一句话
这就是开始　这就是结束
这就是你
这就是没办法解开的
脆弱的　纸结
变成一个可以被火漆封缄的
精致的信
变成礼盒上的蝴蝶结
那么因
就是完美的标语
Congratulations
这是礼盒　送给你　我的生命
Sequence
就算了吧　按到那装饰带下
就这样　可以吧

2

你会寻觅到真相吗
在这雨下
阳光　全都是假的
你只能看
流动的人　仿佛蠕虫
你需要温暖吗
不需要
你需要什么
你渴望什么
你追求什么
仿佛是明确的　像靶心
可你怎么投出飞镖
哪里有什么靶心
只有你自己攥紧的手
希望是手吧　别是那颗心
它只被这雨水

浸泡得浮肿
呕吐出了无数个黑色的疑问
谁能让雨水停下来？
我请求你
连同那乌云一并拨开
我不喜欢庇护的阴影
和躲在暗处的人
太阳　你好遥远
你跟我相隔了多少个破碎的雨滴
我说
这里不是避难所　这是你的领地
没有人承认
别再逼迫我　让我看着炙热的火
好灼热好灼热
可那不是太阳
那是安宁的灶火
我要站多久　才能把这一并喷涌出的
雾气
通通驱散

圆圈　三角
仿佛都是红色
这很有趣
圆圈正好可能是我的靶心
三角就还好　也就是支撑着我
又把我刺痛
是时候变了
但愿四月的土地
还能让这片叶子
生长下去

3

闭上眼

躺在这温顺的　暖流里

好似安然地

埋在了土地里

可尘土会飞扬

凝聚它

要不然　就又回到了那果园

埋在了土地里

到底是河流　还是空气

让我不停地　战栗

把握住它　这一口来自果园的气息

终究　还是会回到那土地里

太过迷人　太过安逸

颤抖的尘土　你还会回来吗

你选择追随我

还是任由自己　湮灭？

人形的黑影啊

请你不要抗拒

它们不再追随着我

那我就看着你

你说吧　条件是什么

你才不会逃离

"Pay your guts and blood"

You see

never or ever

These trashes

belong to me

紫色的　圆形关节

让我还能与你　联系

我追寻着你

直至

坍塌　崩塌

我也希望

你还是那个人影

不会被暖流　扭曲

因为无论怎么看
你都是那个坚定的
肯定的
不变的
黑影
我需要你
就算尘土飞扬
我依然记得
果园里
接近窒息的　气息
没有浑浊的眼睛
只有善恶的果实
啃下去　啃下去
那就是　属于人的
胜利

天空的孩子　梦忆贰

首先是这个本子,其次是这支笔。
为什么都这么劣质。

故事的最初,只有一个"他"。
什么样的"他"呢?可能是我,可能是言语中创造出的"我",哦,那么也会是我所希望的"我"。

描述环境:红砖,平顶房屋,大概是无证经营的平民诊所。
"他"是很重要的一个代词,确保画面中的小孩不会被误解性别。
"炕",西北最朴实的温床。

"他"出现在"炕"上,生命体征不是那么平稳,像一只受伤的小动物,仿佛不明白自己的处境。
吊瓶为"他"提供能量,点滴落下的频率恰好对上"他"的脉搏。这不是一种偶然。
可以描绘一下"他"的样子吗? 不行。

这里是"他"的内心世界。

一个人怎么能够看到"他"自己？就算如此,他看到的自己也少了一个眼睛,这不是"他"。

生命的伊始,睁眼闭眼,清醒,困意。

当作息被扰乱,困意不断地侵扰着大脑,日常已经逐渐远去,"他"就出现在了这里。

"他"明白了,生命需要挣扎。

病痛是自然的怀抱,一点点,一步步,不露声色地让人回到土壤中,从黑暗未知,再回到黑暗未知中,什么也没有失去,因为这就是归宿。

"他"的内心,在这个时刻冻结,有些事,人这一生只会体验一次,但这件事,只是在"他"这里的第一次。

太阳落下又会升起,简单的规律,万物的循环,让"他"以为问题都会有答案,时间是无限的。可是,这种被从熟悉的感觉中剥离的异样感,仿佛才是此刻的永恒。

"他"会在严日下,怀念冬天的人造温暖,会在雪地上,想起夏天摔破的膝盖。

无论是此刻还是明天,这一次,运气好的"他"在无限个疑问的无限个朦胧黑夜里,逃了出来。

当"他"窥见河流的终点,"他"以为这就是答案,遥远的终点,所以可以苟活在当下。我喜欢类比,但类比要有共性,我不能描述穿梭在这条河中的感受,因为既没有类比,也没有过程。

这是故事的开始,只有一个"他"。无法描述的处境,无法想清楚的处境。

"他"开始喜欢这种知道了终点和结尾的感觉。"他"相信终点前的故事是以"他"为主角的。

无法理解的事物,就不会有记忆。

G01,第一个孩子的代号,K2,是这次记忆的代号。

有些痛苦,是希望与幸福的转机,G01是"他"此后很久很久的信条,因为"他"是主角,而我不是,我只怀念那段没有过程的永恒,因为我不了解,我会有期待,我想在那里被庇护。

狂乱的开始只会引向狂乱的结束,无论"主角"

走了多久,体会了多久的过程,享受那到达终点前的余韵,但现在,"他"已经不存在了。

我想仔细回想"他",想出更多细致的、具象的描述型情景,即"故事"。很可悲,没有。

这个过程已经被迫消亡,"他"成了我,我再也回忆不起"他",这是一个虚假的噱头,因为我渴望知悉这个过程。我擅自想让"他"可以构成一个故事。

记忆的消亡就是"他"的消亡,那只"小动物"成为过主角吗?"他"到底是谁?这是真实存在的事情吗?那幅简单的画,可以尝试用文字以外的方式来说明,比如,下边可能会有的一张图。

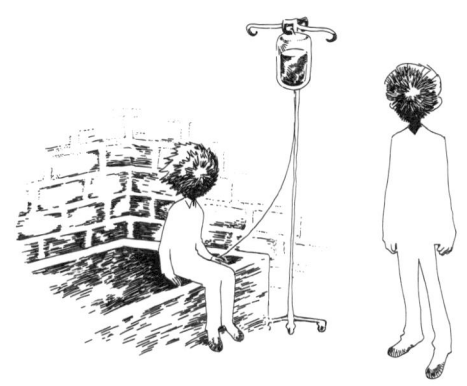

我更希望"他"还在这里,"他"喜欢流淌的河流,"他"喜欢被众人围绕的感觉,"他"不明白也不希望明白河流的含义。

"他"站在那里,细碎的光流淌,我前往终点,而"他"不会,因为我不是"他"。

所以,这就是G00,我的故事。

天空的孩子　梦忆叁

这一次,我,砍断了所有的自我,夺回了我自己。迷茫的G00驱使着我的身体,想让我消失,我很抱歉又很骄傲地告诉你:"失败了,你这个废物!"

我理解"他","他"渴望活成别人所期待的"他",背负着伤口,成了别人期盼下的奴隶。

我不理解"他",你曾为你付出过什么吗?你曾有好好地控制自己吗?飘摇不定,一阵风,就会把你吹走,更何况,为了摆脱你和你的阴谋诡计,我下定决心,要彻底击败你。

首先,你为我准备了周全的见面礼,把我的精力夺去,还让我陷入无尽的思考。你错了,G01永远不会消失。我会更清晰地认知我自己。

我很强大,我不需要活成别人期盼的样子,我只做我自己。

其次,你对我造成幻觉,你让我无法分辨现实与真假,试图蒙蔽我的双眼,让我看不清处境。

对不起,你又失败了,我从未用眼睛来判断处境,而是用心。这个计谋反倒让我听到了更多的声音。

爱人的关怀,亲人的担忧,以及朋友们的挂念。

我感谢之前你为我建立的社交网,它成了我的一部分,我重新审视了我的所有感情和牵连,让它们能够保持它们的自我,且不被我拖入泥潭。

最后,你还控制了我的情绪。

这一次,你成功了,我伤害了很多人,但是这份伤害别人的痛楚,让我更意识到控制自己的重要性。

有人告诉我,人犯了错,就是在给自己插上一把又一把的匕首,想要救赎,就得做好一件件正确的事,把匕首一把把拔下。可是这样的结果是什么呢?一副破败不堪的躯体。你救赎了你自己吗?没有,并且你再也没有余力去援助那些向你伸出渴望救援之手的人。

那么,我怎么应对你的这个难题?

我就带着这些匕首,一路坚强地走下去,它们已经成为我身体的一部分,我就载着它们,直至我进入坟墓里。

永别了,G00,我会铭记你,无论你在我耳边再要什么花招,我也不再害怕了。

我的心结,我的悲伤,它们共同造就了此时此刻的我。

河流不会停止流淌,我会背负着遗憾和匕首,从这条河流,迈向终点。

我不再渴求永恒的庇护,我不想在这无尽的存在旋涡中盘旋,我只着眼于力所能及的事情。

来,让我为你描绘未来的图景,那是我自己一步步走下的路。

诞生,是我们的第一次死亡,第二次,就是我被你所陷害的死亡,第三次,就是我向你宣判,你的死亡。

我将设置一个没有尽头的迷宫,让你不断地走下去,让你耗尽体力,让你无力挣扎。

我将扣下扳机,不会再让你复活,不再沉溺于无尽的遗憾和哲思中。

究竟要舍弃什么,才能守护所有我所心爱之人?那就是你,G00,一个迷茫的自己,你没有故事,你将不再存在,你永远别想再玩什么阴谋诡计。

没有什么劣质的纸笔,我就是一支笔,为我自己的人生完整地书写。

你永远无法击败我的意志。

那么,就这样告一段落吧,我会为你哀悼,哀悼你落入的无尽的黑暗与疑问的黑夜。

我写下了这趟旅途中,那部分一直让我们难以和解的遗憾。我会去包容,去重新装点自己,走完之后的旅途。

再见了,所有的你和"他",我会承载这所有,向着我的人生,一路高歌……

作者寄语

这是最后、最后的话。

写给读到这里的我挚爱的读者们。

你们是否曾被一种想法,那种想成为英雄的想法所困扰过呢?

我被深深地困扰过,并且因此摧残了我的意志和躯体。

但是,我走了出来,凭靠着我们这份饱含人性的心。

所以,这是我对我们,提出的一点小小的建议:

只要秉承着人性的意念,我们无非会踏入两个结局:

1. 成为英雄;
2. 成为饱含人性的人。

这都是最美好、最完美的结局。

只要我们,捧着我们这颗饱含人性的心。然后,坚强地、不紧不慢地走下去。